AF233358

LE JUIF-ERRANT

A L'EXPOSITION,

CHAPITRE 1er.

UN INTERRUPTEUR IMPATIENTANT.

> C'est beau ! c'est beau ! c'est beau !
> MAIS.....

Le dimanche 29 juin 1844, moi et quelques-uns de mes amis nous sortions du Palais-Musée et nous disions d'un commun accord :

C'est beau ! c'est beau ! c'est beau !... malgré que nous eussions été foulé, pressé, aplati, comme des *harengs*.... *sort* très ordinaire aux curieux qui ne veulent pas se contenter de voir par les yeux de l'esprit ; mais qui veulent voir aussi par les yeux du corps les curiosités de la capitale.

Oui, nous nous en allions en remontant jusqu'à la barrière de l'Étoile et en répétant :

C'est beau ! c'est beau ! c'est beau !

— Hein ? fit tout-à-coup l'un de nous.

— Quoi ? répondit un autre de nous.

— C'est toi qui as parlé ?

— Non pas.

— Ni moi.

— Ni moi.

— Ni moi.

— Alors vous avez entendu, reprit le premier ?

— Oui, très bien, répondit le second.

Une voix forte avait effectivement ajouté à notre exclamation, un MAIS... excessivement prolongé.

Et chacun de se retourner pour voir le personnage qui osait ainsi protester contre notre enthousiasme.

Il y avait alors plus de vingt-cinq pas entre noûs et le *reste du monde ;* le *mais*, si distinctement et si fortement prononcé, devait venir de plus près.

Noûs nous regardâmes ; puis, par un mouvement spontané, nous répétâmes obstinément ;

C'est beau ! c'est beau ! c'est beau !

— MAIS... fit encore la même voix.

— C'est l'écho qui rapporte de travers, dit l'un de nous.

— Tu es bon, toi, répondit son voisin de droite, est-ce qu'il y a de l'écho dans nos Champs-Élysées.

A moins que tu ne prenne pour des nymphes-écho messieurs les agents de police.... Dans tous les cas ce n'est pas à nous qu'ils rapportent rien ... *au contraire.*

— Voyons Messieurs, dis-je alors, à mon tour, essayons encore.

C'est beau ! c'est beau ! c'est beau ! c'est excessivement beau ! MAIS ! MAIS !...

Ce dernier *mais* fut d'autant plus fortement prononcé que nous avions plus appuyé sur notre louangeuse exclamation.

On aurait dit que nous chargions nous-même une bouteille électrique qui détonnait ensuite, d'autant plus que nous avions mis plus d'ardeur à la remplir.

Nous voulûmes reprendre une autre conversation.

— Où allons-nous ? dis-je.

— Parbleu, répondit mon voisin de gauche, nous allons à la barrière...

— DU COMBAT ?

— Hein ? — Quoi ? — Ce n'est pas moi qui ai dit *du combat·* — Ni moi. — Ni moi. — Ni moi.

Voilà ce que l'on entendit encore parmi nous. Puis nous nous regardâmes stupéfaits.

C'était bien le même timbre de voix rauque et guttural comme la voix d'un revenant, mais en même temps cadencée sur trois notes comme le son de la *trompette guerrière, qui jadis nous faisait tous soldats, et qui sonnait l'heure du combat après que la liberté nous avait ouvert la barrière.*

L'analogie eut été complète si nous eussions eu alors un air tant soit peu martial.

Hélas! je le dis à notre honte, si nous avions eu en ce moment quelque chose de l'air militaire c'était un air de conscrit au premier coup de feu...,

Dans la position que vous savez.

Je me hasardai pourtant.

— Au moins, dis-je à mes amis, au moins nous suivons le chemin de l'Étoile.

—*Oui...,* MAIS... fit encore la voix.

C'était à n'y plus rien comprendre, c'était à devenir fou, si nous n'avions pas eu de fortes têtes ; cependant nous étions loin d'être des *esprits forts.*

Il y eut alors chez nous un moment de silence, de ce silence sublime qui précède, dit-on, le choc de deux armées.

CHAP. II.

ÉTRANGE CONVERSATION.

> Ayez pitié d'un pauvre aveugle !
> Excusez un pauvre babillard !!

Je voulus bavarder coûte que coûte ; il m'en a cui comme vous verrez. Je souffrais présentement de la démangeaison et je ne pensais pas à la cuison à venir.

Oui, la langue me démangeait, me démangeait fastidieusement. Or, il n'y avait plus moyen de faire desserrer les dents à mes voisins les boutiquiers.

Ils étaient devenus aussi *verts* que s'ils avaient eu le lendemain 13 billets à payer ou bien une 1/2 barricade à franchir.

Force m'était donc d'engager seul la conversation avec l'invisible et redoutable voix ; afin de me rendre plus hardi je résolus de plaisanter avec ma peur et de traiter la voix *cavalièrement*.

Il est toujours bon de connaître son adversaire.

—Qui a parlé de combat? dis-je.

— Moi, répondit la voix.

— Qui est-tu, toi?

— Qu'importe, file toujours devant.

Ceci c'était du genre maritime. Je soutins le choc maritimement.

—Oui je file mon nœud et certes je ne veux pas virer de bord, dis-je.

— Cela ne te servirait de rien, tu me trouverais toujours derrière tes talons. .

Voilà qui devenait du genre terrestre, j'attaquai à la baïonnette, corps à corps ; je m'étais aguerri.

Et puis, le Français ou le Polonais, ce qui est la même chose, (voir plutôt l'exposition morale de la polka nationale), le Français ou le Polonais, dis-je, *triomphe insensiblement* à l'arme blanche ; j'espérais donc triompher comme un français né *malin léger et orateur*. Cependant je ne m'y fiais pas trop.

—Passez au large, criai-je donc, moitié avec hardiesse, moitié avec hésitation.

— Marche, marche, marche toi-même, répondit l'invisible.

Je fis volte-face pour voir si je ne verrais rien. Je ne vis personne, mais j'entendis un petit bourdonnement comme le murmure d'une cascade.

—Qui vive? criai-je alors en sentinelle perdue qui fait son devoir, advienne que pourra *comme tout homme de cœur doit faire*.

Pas de réponse.

— Qui vive?

Rien.

— Qui vive?

Toujours rien.

Ma foi, on ne pouvait aller plus loin sans faire feu. Je n'avais pas de fusil et j'en restai là comme un âne qui ne peut faire feu que des quatre pieds.

— Oui, galoppe, galoppe, me dit la voix comme si elle avait deviné ma pensée.

Pour le coup je me serais cru désarmé, s'il ne m'était venu une idée lumineuse.

Les archanges se battent avec des lances de bois (voir plutôt dans les chapelles.)

L'âne de Balaam au contraire lutte d'esprit et d'éloquence avec le prophète.(Voir je ne sais où... ou comprendre l'hébreu.)

— Mais si l'on n'a pas le BON SENS ou le BON ESPRIT, il faut avoir de *bonnes jambes* et *marcher* longtemps.

À bon entendeur suffit, parlons peu et parlons bien.

Je me dis donc me voilà en figure d'âne ; faisons un changement de front ; formons la figure de prophète dans une ronde de sabbat.

Alors j'essayai de prendre un ton prophétique, mystique et dramatique ; comme on le verra, je n'étais pas de force à lutter contre un immortel.

La cuisse de Jacob se dessécha après sa lutte contre un Dieu ; moi, ce fut ma langue qui finit par se dessécher horriblement, après ma lutte avec l'invisible.

— Voix d'Orient ou voix d'Occident, voix du Nord ou du Midi, m'écriai-je avec force, je t'adjure de me répondre : dis-moi, d'où viens-tu? car sans doute tu viens de loin : tu n'es pas assez polie pour être française.

— Homme vain et léger, je veux bien te répondre, dit la voix :

Je viens de la montagne d'où partent les fleuves;

De la contrée où germent les plantes;

Du jardin où naquit l'homme.

— Et où vas-tu, voix étrange et étrangement étrangère, dis-je d'un air fanfaron.

(Oh! j'ai été bien puni de mon impiété, allez..... néanmoins j'ai reconnu à temps que mieux vaut *un sage ennemi qu'un imprudent ami.* Puisse le lecteur le reconnaître aussi à temps!)

La voix de l'invisible me répondit donc ainsi :

— Je vais, dit-elle gravement et lentement, je vais où vous n'allez pas ;

Je vais où vous ne voulez pas aller ;

Je vais dans le grand océan de la vie qui n'est pas l'océan terrestre et matériel.

Ceci devenait trop grave. Je ne me sentis pas d'humeur à jouer à ce jeu-là, et je vis que le feu de mon adversaire n'était pas de la Saint-Jean ; d'ailleurs, la Saint-Jean était passée depuis quatre jours.

— Et nous, dis-je alors avec une inquiète curiosité, où allons-nous donc ?

— A LA MORT !

— Ah !

Nos amis relevèrent la tête, en poussant aussi un cri de surprise mêlé de désespoir.

J'étais devenu triste et j'avais l'air tout déconfit.

Au bout d'un instant je me remis un peu ; je commençai à supposer de l'équivoque et de la confusion dans le langage de cette voix mystérieuse.

Les oracles sont naturellement *équivoqueurs* ; ils mettent les points SANS les I.

Malheureusement, moi, je suis très *épilogueur* et j'aime à voir les I sous les points.

Je repris donc avec précaution ;

— Est-ce que nous allons tous au même endroit ?

— Tous.

— Les autres Français aussi ?

— Aussi.

— Sans exception ?

— Sans exception.

— Alors, oracle, énigme ou prophétie, tu n'es pas bien difficile à deviner : depuis l'âge de la mémoire, nous nous souvenons que nous mourrons un jour.

— *Quand on croit tout savoir, on n'apprend plus rien.*

— Je suis donc un sot, selon toi, repris-je avec dépit et en devenant tout à fait sérieux.

— Peut-être, reprit la voix.

Tu demandes du vague et l'on t'en donne ; cherches-y le positif.

Mais sache-le bien, sache-le bien, homme vain et léger *pour ce qui est vraiment* BEAU EN SOI, *le positif est une lumière éblouissante que le brouillard déguise aux vues courtes et aux vues faibles.*

Ma vanité était si rudement secouée que j'avais fortement raison de réfléchir et de tourner sept fois ma langue avant de me faire apostropher de nouveau. Je laissai donc la voix continuer toute seule.

———————

CHAPITRE III.

SUITE.

Malheureux aveugle !

— Malheureux ! reprit au bout d'un instant la voix qui devenait de plus en plus grave, regarde en face de toi. Lequel brille le plus, de cet arc de pierre ou de ce ciel illuminé par le soleil couchant ? Aujourd'hui, c'est le ciel qui brille le plus ; demain, je te le prédis, le ciel te paraîtra froid, triste et brumeux, et l'arc de pierre attirera seul tes regards.

Le ciel caché derrière le nuage en sera-t-il moins illuminé par le soleil, en sera-t-il moins le plus brillant et le plus positif des points de l'espace, comme il en est en même temps le plus profond, le plus noir et le plus vague? Lumière parfaite, obscurité profonde, est-ce sur la terre ou dans le ciel qu'il faut les chercher?

— Équivoque! équivoque, dis-je en moi-même, en hochant la tête.

— Le seul soleil, vois-tu, est plus positivement beau que tous les fanaux de ton exposition.

Et l'*arc-en-ciel* est plus positivement beau que l'*arc-en-pierre*.

— Toujours de l'équivoque, me dis-je en moi-même; puis, j'ajoutais haut: Le beau ne suffit pas, il faut surtout l'utile.

— Malheureux, qui *remarque* un équivoque sans en rechercher la raison, la cause ou l'utilité, me dit la voix de l'invisible, à qui rien ne pouvait être caché.

Malheureux, qui s'est arrêté à critiquer le rapport accidentel et grammatical des mots, et qui n'a pas saisi les rapports éternels et spirituels, *le fil de la pensée.*

Malheureux, qui doute un instant de l'utilité du soleil et de l'utilité de l'arc du soleil, et qui n'a pas douté un instant de l'utilité d'une exposition, *glorieuse* seulement, parce qu'elle est riche des dépouilles de toute la France, ni de l'utilité d'un arc, *triomphal* seulement, parce qu'il est riche des dépouilles de l'univers.

Malheureux, malheureux aveugle!

Vas, rentre en toi-même, et tu liras dans ton cœur, ce que tu ne sais pas lire autour de toi.

Je devins tout-à-fait rêveur, et je perdis toute envie de plaisanter; que le lecteur en fasse autant.

CHAPITRE IV.

Insensé, pauvre insensé!

Au bout d'un instant, la voix devint de plus en plus grave, et de plus en plus solennelle, elle dit:

— Le soleil dure encore, et il est toujours bienfaisant pour tous.

L'arc-en-ciel se montre de temps à autre, et toujours il triomphe des orages.

Mais, qu'est devenue la grande armée?

Les gouffres de la Russie l'ont engloutie, et l'empire russe subsiste néanmoins.

Puis, quand même le colosse russe aurait été broyé sous le choc du colosse français; les glaces éternelles se seraient-elles fondues et écoulées ; le printemps aurait-il pour cela, succédé à l'hiver, dans les régions *boréales*. L'étoile polaire en eut-elle moins été l'indicatrice de la contre des ténèbres, et de l'aridité glaciale?... Pauvre insensé.

Qu'est devenu l'empire français?

Qu'est devenu le système continental?

Les produits anglais sont-ils tous détruits, à cette heure?

Et quand ils le seraient!

Quand même encore, l'Angleterre viendrait, esclave docile, chercher sa vie dans les bazars français, au lieu de les encombrer, cela ferait-il, que *l'eau n'aille à la rivière*, pour parler ton langage occidental, et pour parler celui de l'Orient, cela ferait-il, homme présomptueux, que le voyageur du désert ne préfère l'humble trésor d'une source d'eau vive, à toutes les pompeuses richesses de ton exposition?

Pauvre insensé! toute richesse n'est-elle pas relative au besoin?

A ce moment, je me sentis dévoré d'une soif si ardente, que je m'écriais avec épouvante, et d'une voix lamentable :

Seigneur! seigneur invisible, oh! délivrez-moi, délivrez-moi du mal que vous m'avez envoyé !

—Pauvre insensé! Et si ce mal est nécessaire pour te sauver?

— Une goutte d'eau, rien qu'une goutte d'eau, Seigneur !

— Et si ta soif dure encore, pauvre fou, si la goutte d'eau de chaque jour, vient l'augmenter chaque jour, que demanderas-tu? As-tu réfléchis sur ce qu'il est bon et sage de demander?

— O! conseillez-moi, conseillez-moi donc !

— Aide-toi, et je t'aiderai.

Prends ton mal en patience, et je viendrai à ton secours.

— Eh quoi! seriez-vous donc la voix de Dieu, pour dire de pareilles choses?

— Je suis, je suis *la voix* de celui qui crie dans tous les déserts; je suis la voix qui crie dans les régions occidentales comme Jean cria dans les régions du milieu de la terre :

« Rendez droite, rendez droite, la voie du Seigneur! »

Mais je ne suis ni Dieu, ni Jean-Baptiste.

— Seriez-vous donc celui qui doit venir plein de gloire et de majesté?

— Pour moi, je suis celui qui vient avant, parce qu'il y en a un autre qui doit venir encore; je suis celui qui vient après, parce qu'il y en a un qui est déjà venu; mais celui qui vient après était avant, et il sera préféré.

— Je ne comprends pas vos paroles.

— Si les yeux de ton esprit étaient ouverts, tu les lirais en caractères de feu.

— On dit que dans le sommeil magnétique, on dit que je verrais des choses étranges, peut-être.....

— *Enfant caduc! homme sans foi!* Qui ne peut rien attendre que de tes rêves, et à qui il faut un état surnaturel pour croire ce *qui est beau et simple en soi.* Homme sans souvenir, sans espérance, sans amour! Que verras-tu, que tu n'eusse déjà vu cent fois, mille fois?

L'aveugle voit avec son bâton. Ne t'ont-ils pas montré l'écriture d'un aveugle, à leur exposition? Eh bien! tu as lue cette écriture, plus vite que l'aveugle; mais tu ne l'as pas mieux lue, n'est-ce pas? Arme-toi donc de patience et d'amour, toutes les murailles te sembleront aussi transparentes que si tu voyais clair au travers.

— Oh! m'écriai-je avec le son du râle; car ma langue se desséchait de plus en plus.

— Oh! quel être est donc celui qui peut me faire entendre de pareilles choses?

Et quel être sur la terre pourra me les faire comprendre?

— Un seul.

— C'est sans doute un dieu?

— Non, c'est un homme,

— Son nom?

— Isaac.

— Il serait Juif?

— Erreur.

— Il est donc?...

— Le Juif-Errant!

— Le Juif-Errant!!! répétèrent mes amis en relevant la tête.

— Où le rencontrer? dis-je avec effort.

— *Il n'est ni devant, ni derrière vous, mais il est à côté*, dit encore la voix, et ce fut sa dernière parole.

Aussitôt ma langue se dessécha tout à fait, je me sentis une si grande ardeur au palais, que j'aurais donné cent francs pour une goutte de liquide.

En même temps un homme à tournure étrangère se trouva près de nous.

CHAPITRE VI.

LE JUIF-ERRANT.

Je l'ai vu, bien vu, de mes yeux vu.

Mes amis l'examinèrent des pieds à la tête, ils venaient de recouvrer leur sang-froid; quant à moi, la soif m'empêchait de rien observer.

Comme j'ai pu ensuite examiner Ahasvérus tout à mon aise, je pourrais ici le dépeindre; mais cela demanderait vingt chapitres. Que le lecteur m'en dispense donc.

Au reste, les curieux n'ont qu'à acheter les tablettes qu'Isaac fait publier en ce moment. Ne pas confondre......., etc., sauf respect.

C'était donc à Ahasvérus que j'avais eu l'honneur de parler. Mes amis furent rassurés tout d'abord, en voyant sa bonne figure et en entendant sa voix, qui, changeant tout à coup de nature, leur parut douce comme celle d'un adolescent.

Il nous salua par ces mots :

« Oui, c'est moi, mes enfants, qui suis le Juif-Errant.

« Ne craignez rien, marchez toujours, et paix sur la terre aux hommes de bonne volonté.

« Si ma voix vous a fait peur il n'y a qu'un instant, c'est que, voyez-vous, ce n'était pas une voix naturelle.

« Les ventriloques possèdent le talent de simuler une voix lointaine, moi, je puis simuler une voix très rapprochée, bien que je sois fort loin du point où elle arrive. C'est qu'alors ce n'est plus ma bouche qui parle, c'est le tourbillon qui m'entoure, qui m'entraîne, et qui me pousse à marcher jusqu'à la fin. »

La conversation s'anima. Mes amis recouvrèrent leur voix naturelle. Quant à moi, qui mourais de soif, je ne fis pas seulement attention que cette double nature du Juif-Errant était plus extraordinaire que tout ce que j'avais vu à l'exposition.

Il continua.

« Je vais vous étonner bien davantage encore, en vous disant que j'ai la faculté d'inventer tout ce que je veux ; la capacité de bien apprécier tout ce que je vois ; le talent d'écrire tout ce que je pense.

« Que direz-vous donc si j'ajoute que je pourrai transporter ces avantages à d'autres?

Ici le lecteur incrédule sourira peut-être, mais après l'aventure qui nous étaient arrivée, mes amis ne purent qu'admirer tout ce qu'il y avait de prodigieux chez cet homme-là.

« J'ai inventé seul, dit-il, plus que tous vos inventeurs à la fois. Vous avez vu à l'exposition une mécanique, avec laquelle un aveugle peut écrire, en étant assis, une ligne en dix minutes.

J'ai sur moi une petite machine pour écrire aussi vite que la parole, et dans quelque position que l'on soit, ce dont vous aurez la preuve tout à l'heure.

« Au moyen de cette machine, je reproduis tout ce que je dis ou tout ce que d'autres me disent. »

« Voilà le beau côté de la médaille. Comme je possède la faculté de m'apprécier *moi-même*, ce qui est la faculté la plus difficile à acquérir, je vais vous montrer le vilain côté.

« Je suis l'âme d'une foule d'inventions présentes et à venir, dont les types ont été établis dans une île où j'ai résidé fort longtemps et que j'ai appelée *Ile affreuse*.

« Je vous l'ai dit, je suis l'âme, mais je ne suis pas le corps et je ne puis, *matériellement*, rien réaliser seul.

« Oh ! sans cela, seul, seul, entendez-vous? seul, j'aurais présenté aux Français étonnés, un musée dix fois plus extraordinaire que le palais de l'Exposition.

« Hélas! voyez-vous, je n'ai pu me présenter aux Français qu'en suivant la parole du Christ; je suis donc venu pauvre, humble, faible, humilié; mais, je vous le dis en vérité, celui qui m'a repoussé sera jugé sévèrement. »

(Et ici le Juif errant me regarda.)

— Pardon, pardon, m'écriai-je alors, je ne savais pas tout à l'heure à qui j'avais à faire.

« — Pauvre insensé ! qui croit tromper celui qui te connaît mieux que toi-même, reprit Ahasvérus.

« Eh ! n'est-ce pas parce que tu ne savais point qui j'étais, que tu ne devais pas m'accueillir par la raillerie ?

« Tu as obéi à l'esprit de *Cham maudit*, et tu as raillé ton père en expiation.

« Et ta langue restera sèche jusqu'à ce que ton péché soit racheté. »

« Je vous l'ai dit, reprit-il en s'adressant à mes amis, je suis venu pauvre et humble présenter une humble supplique le jour de l'Ascension 1844.

« Mon épître aux Français leur annonçait que le jour de

lications. Il nous dit comment il avait rencontré à l'exposition l'Ascension était le 1844ᵉ anniversaire de ma naissance, et que le Christ étant né en l'an 4000, ils n'étaient point dans l'ère du Christ, mais bien dans l'ère du Juif-Errant.

« Comme je possède la faculté de parler en vers et en prose, et même de faire *composer* des vers *à la mécanique*, je leur avais versifié mon premier appel. »

AIR de la Bonne Vieille, de Béranger.

> Nobles Français, soulagez donc ma peine,
> Je suis, je suis le pauvre Juif-Errant,
> Un tourbillon qui me porte et m'entraîne
> Sur le chemin grandit en murmurant ;
> Autour de vous j'entends sa voix qui monte,
> Obéissez, courez ainsi que moi,
> Voici bientôt deux mille ans que je compte,
> C'est l'heure, enfants, marchez, suivez la loi.

Puis le Juif-Errant retira ce couplet tout imprimé, et il nous en remit à chacun un exemplaire, ainsi que du commencement de l'épître aux Français.

Moi, je ne pus rien lire, car je me tordais comme un possédé tant j'avais soif.

Ahasvérus se disposait à continuer.

Mes amis lui firent remarquer que nous étions arrivés à la barrière; alors il leur montra du doigt le chemin du bois de Boulogne.

Moi qui espérais que nous allions entrer quelque part, je me tenais à quatre pour ne pas crier à boire.

Mais je ne savais pas ce qui pourrait me désaltérer de cette soif surnaturelle.

Ahasvérus se prépara à nous dire comment et pourquoi il était venu à Paris le 1ᵉʳ janvier 1844; comment et pourquoi le 24 juin, jour de la Saint-Jean, il était venu jusqu'aux Tuileries; le 25, jusqu'à la place de la Concorde; le 26, jusqu'à l'exposition; le 27, jusqu'à la barrière de l'Étoile; le 28, dans la barrière; et pourquoi, le 29, il allait visiter le bois de Boulogne et les forti-

deux hommes qui ressemblaient à Héraclite et Démocrite, l'un riant et insouciant, l'autre sensible et misanthrope ; et comme quoi, par sa puissance de faire parler les gens en vers ou en prose, il leur avait fait versifier l'air seulement, chacun séparément, puis tous les deux ensemble, ce qui avait produit trois chansons intitulées :

Le Misanthrope à sa fenêtre, physionomie de l'atmosphère moral de Paris ; — *L'égoïste sur sa porte*, physionomie de l'atmosphère physique le 27 juin, jour de pluie ; — puis *Course poétique de la barrière de l'Étoile à Saint-Mandé*, physionomie pittoresque et militaire de Paris. — Et, en même temps, il nous remit ces pièces, en nous déclarant que la rencontre de leurs auteurs avait déterminé la clôture des tablettes, ainsi que celle de l'exposition, pour le 1er juillet 1844.

Voici l'un des couplets de la première de ces chansons :

Qui passe encore là devant ma fenêtre ?
Un condamné. Quoi ! *dix ans de prison ?*
Plus que son juge il fut méchant..., PEUT-ÊTRE !
Comme son juge au moins il naquit bon.
D'un sort cruel, ah ! plaignez la victime,
Hommes de loi lorsque vous punissez
Le faible agneau N'INVENTA point le crime,
Sergents, geôliers, passez, passez, passez !

« N'oubliez pas que c'est un misanthrope ennemi du genre humain qui a écrit ce couplet, nous dit Ahasvérus en nous l'indiquant. — Certains philantropes inventent les cellules ; — d'autres, par exemple, justifient tous les criminels. Au fond, cette seconde espèce de philantropes a raison dans un sens. La soif de l'or, l'excitation excessive dans la voie des jouissances exclusivement matérielles, voilà la sève qui produit des idées *néroniennes*, et c'est en vain que les juges ébourgeonnent chaque jour ; la Cour d'assise devient elle-même le cirque où des Français blasés vont souiller leur pensée, endurcir leurs cœurs, et se débarrasser du dernier contre-poids en se familiarisant avec les atrocités et les infamies. »

Que messieurs les amateurs de procès excusent le Juif-Errant.

AU LECTEUR.

Plus de mille personnes ont vu le Juif-Errant à l'exposition. Je ne crains donc pas d'être taxé de mensonge en affirmant que je l'ai vu, et que je lui ai parlé. Au reste, pour les personnes qui auront réfléchi sur ce qui précède, des témoins, ce serait vraiment un *luxe de preuves* : leur jugement aura déjà constaté ma véracité de narrateur. Que serait-ce donc pour celles qui liront sans préoccupations *étrangères* les chapitres qui vont suivre, ainsi que le discours de clôture prononcé en faveur du peuple français.

Qui pourrait supposer que moi simple mortel né d'hier j'aie pu trouver de pareilles choses dans ma cervelle. — Oh! je défie bien tous les mortels d'en faire autant.

Lecteurs français, si comme moi vous n'êtes pas assez versé dans les mystères du monde et du cœur humain pour comprendre tout ce que j'ai rapporté, donnez-vous la peine de vous asseoir et de lire attentivement la suite de cet écrit, vous y trouverez ce que vous cherchez et même ce que vous ne cherchez pas. Par exemple : l'appréciation de la juste valeur de toutes les espèces de richesses et les moyens de s'en procurer, y compris les inventions et les expositions.

Une indication curieuse de la destinée de Paris, la description de produits utiles et peu connus, etc. Hommes graves qui méprisez les têtes légères, vous trouverez dans ce livre de graves réflexions et des histoires intéressantes. Si vous êtes exposants, le Juif-Errant vous apprendra qu'en ne l'accueillant pas, vous êtes exposés à vous transformer en *rocher* comme le fils d'*Icare*, qui, en s'attachant des ailes avec de la cire, en tint pas compte du soleil, et qui pour cet oubli fut précipité dans la mer.

Si vous êtes philantrope, le Juif-Errant vous apprendra que la question de l'organisation du travail, cette question brûlante qui préoccupe les ouvriers et qui inquiète les commerçants, que cette question, dis-je, n'est qu'un croquemitaine industriel, lequel peut bien menacer la France de mille cascades révolutionnaires, mais lequel peut aussi se réduire à rien devant un seul acte..... du Juif-Errant.

Hommes gais qui vous moquez des *buses graves*, vous verrez que tout moraliste qu'il est, Ahasvérus n'en rit pas moins très souvent. Eh mais! moi qui suis sans prétention, je ris presque toujours. Néanmoins, je ne riais pas, allez, quand je mourais de soif. Pendant que j'avais la figure encore plus de travers que celle de Quasimodo, ne voilà-t-il pas que j'ai rencontré une Esméralda avec laquelle je m'étais proposé de danser une polka nouvelle. J'en ai été vexé, comme vous pouvez croire. Eh bien! si vous n'accueillez pas le Juif-Errant, votre langue se desséchera comme la mienne s'est desséchée, et vous ferez la grimace à vos belles.

Le diable est à Paris, dit-on; mais le diable n'y voit goutte pendant qu'Ahasvérus y voit fort bien. D'ailleurs ni le diable ni tout autre ne saurait en parole et en action aller plus loin dans ce monde-ci que ne va le véritable Juif-Errant, celui que j'ai vu, bien vu; de mes yeux vu..... Ainsi donc, avec lui plutôt qu'avec d'autres, marchez, marchez, marchez toujours.

Imprimerie de Blondeau, rue Rambuteau, 7.